民族文字出版专项资金资助项目

བོད་རིགས་ན་གཞོན་ཕུལ་བྱུང་སྙན་ངག་པའི་སྙན་ཚོམ་ཕྱོགས་བསྒྲིགས།

藏族青年优秀诗人作品集

西藏集

དགའ་བདེ་ཚེ་རིང་གིས་བརྩམས། དབང་མཆོག་འབུམ་གྱིས་བསྒྱུར།

嘎代才让 著　　昂却本 译

སི་ཁྲོན་མི་རིགས་དཔེ་སྐྲུན་ཁང་།
四川民族出版社

图书在版编目(CIP)数据

西藏集：汉藏对照 / 嘎代才让著；昂却本翻译.
-- 成都：四川民族出版社, 2017.12
（藏族青年优秀诗人作品集）
ISBN 978-7-5409-7326-1

Ⅰ.①西… Ⅱ.①嘎… ②昂… Ⅲ.①诗集—中国—当代—汉、藏 Ⅳ.①I227

中国版本图书馆CIP数据核字(2017)第310067号

藏族青年优秀诗人作品集

西藏集
XIZANG JI

嘎代才让 著　　昂却本 翻译

出版人	泽仁扎西
策　划	胡　华　周文炯
责任编辑	央　金　更合才让　泽绒拉珠
装帧设计	李　娟
责任印制	谢孟豪
出版发行	四川民族出版社
地　　址	成都市青羊工业园区敬业路108号
成品尺寸	148mm×210mm
印　张	5
字　数	100千
制　作	成都金色华林美术图案设计有限公司
印　刷	成都市金雅迪彩色印刷有限公司
版　次	2017年12月第一版
印　次	2017年12月第一次印刷
书　号	ISBN 978-7-5409-7326-1
定　价	35.00元

版权所有·翻印必究

作者简介：

嘎代才让，诗人、词作家。生于八十年代初。从事藏汉双语诗歌、歌词、剧本、诗评、影评等不同领域的写作，作品被译介为英、德、日、蒙等语种发表。鲁迅文学院高研班学员，被誉为"西藏先锋诗歌的良知"。

作品入选《新世纪诗典》《中华诗歌精选》《80后诗歌档案》《80后诗选》《中国年度诗歌》《中国诗歌精选》《中国最佳诗歌》《中国诗歌选》《葵》《中国网络诗读本》《飞天》60年典藏诗歌卷、《2008-2009：中国诗歌双年巡礼》《中国当代诗歌后浪》（英语）、《中国少数民族作品卷·藏族卷》《当代西藏汉语文学精选：1983—2003》（台北大学教材）、《新时期中国少数民族作品选集》《当代先锋诗三十年：谱系与典藏》（1979—2009）等七十余种文学年鉴和重要诗选。

曾获："全国十大少数民族诗人""诗选刊·2005中国年度先锋诗歌奖""2006年度大西北优秀诗人""80后十家诗人""西藏第三代诗人·2008年度诗人""格桑花文学奖""2009年度"中国十大新锐诗人"、首届"安康诗歌奖"、2010年度"中国十佳年度青年诗人""2011年度·中国十佳诗人""甘肃省第五届少数民族文学一等奖""《岗尖梅朵》文学奖""唐蕃古道文学奖"等多种奖项。2008年底入选"年度80后作家排行榜"。

དགའ་བདེ་ཚེ་རིང་གི་རྫོང་མཚར་བཤད།

ནག་པོ། དངོས་མིན་ལ་དགའ་བདེ་ཚེ་རིང་ཨེ། བོད་ནི་དུས་རབས་གསར་བའི་ཉར་བྱུང་བའི་བོད་ཀྱི་སྐད་བརྒྱ་དང་གཞས་ཚིག་རྩོད་པ་པོ་སྐད་གྲགས་ཅན་ཞིག་ཡིན། དུས་རབས་བརྒྱད་ཅུའི་ལོ་རབས་བསྒྲུབ་ཅུའི་ནང་མངོན་བྱུང་མངོ་ནས་སྙེན་ཞིང་། ལྷ་བྱང་ནག་འབྱིལ་འཛིན་ལོངས་བྱུང་། ད་ཕྱིན་བར་བོད་རྒྱ་ཡིག་རིགས་གཉིས་ཀྱི་ལས་ནས་སྣ་ཚོགས་དང་གཞས་ཚིག་སྐྱོག་བརྟན་དང་བོད་འགྲེལ་ཀྱི་དཔྱད་གླེང་སོགས་ཟང་པོ་བྱིན་ཞིང་། སྔར་ཞིག་བྱའི་ཊི་དང་འཛར་མན་ཏོག ཨོག་ནི་ཕྱི་ན་སོགས་ཀྱི་ཡི་གེར་བསྒྱུར་ནས་སྤེལ་ཡོད།

སྨན་དེབ་ལ《ཕུ་བ་སོག་སོབ》དང《ཁྲི་ལམ་འཁྱིལ་པ》《གཡས་རུ་གཡོན་རུ》《སྐྱེས་རབས》《གངས་ཀྱི་རྩེ་མོ་ན》བཅས་ཡོད།

一切诗歌都从"当地"产生(序)

吉狄马加

此次,四川民族出版社推出的王志国、扎西才让、嘎代才让、白玛央金、单增曲措、刚杰·索木东、蓝晓、唐闯(洛让)、德乾恒美、琼吉等十位藏族青年诗人的诗丛,在我看来具有重要的意义。四川民族出版社此次给诗人做了件大好事,这点是我要再三强调的。对于青年诗人的扶持以及群体的整体性推出,不仅需要出版社的眼光,还需要一定的勇气。因为诗歌不同于小说或网络文学,后者一定程度上已经成为文学工业的重要链条和构成,出版也随之带有了商业的气息。而诗歌,尽管当下诗坛繁荣火热,但是无论是诗歌写作者还是诗歌读者仍然具有小众和精英的特征。尤其是对于不同地区的少数族裔的青年诗人来说,亟须各种平台对他们予以推介。

由少数民族的青年诗人,我想到了1986年参加诗刊社第六届青春诗会的情形,那届参会的诗人还有于坚、韩东、翟永明和车前子等。当其他参会的青年诗人强调生命体验、现实感和诗歌本体性的时候,我最先提出了诗人尤其是少数民族的诗人身份与地方性知识之间的深入关联。这对后来全球化和城市化加剧的现实反而具有了前瞻性,"诗再不能成为一个无端的游物了,它应该回到自己的土地上来。正如美国诗人威廉·卡洛斯·威廉斯所说的那样'我相信一切艺术都是从当地产生,而且必须如此,因为这样我的感官才能找到素材','地方性的东西是唯一能成为普遍性的东西'。诗歌在走向自身的同时,必须走向土地。我们指的走向土地,实际上是人和自然在一种真正意义上的亲近,是人同他生活的土地的历史在更高层次上的对话,是人在各个方面展现出独特的文化结构和审美意识"(《诗刊》1986年第11期)。三十多年前的这段话,我想和此次入选的十位藏族青年诗人以及其他地区、其他民族的诗人朋友们分享。因为,诗人与地方性知识、民族文化的关系不只是面对当今城市化和全球化日益加速的现实,还在于强化一个诗人的精神出处和写作身份问题。诗不是简单地"寻根"和回到"故乡",也不是一味的乡愁和单纯地对自然的赞美。诗必须在语言和灵魂中完成命名和发现。一切诗歌都是从"当地"产生,诗歌应该是有根的,有根的诗歌才有生命力和创造力。

对于藏族诗歌而言,无论是藏语写作还是汉语写作还是一些诗人同时进行的双语写作,都具有深厚的文学文化传统——比如地方知识、民族文化、区域历史、史诗、地方歌谣等等,都有着深厚的文化积淀。我国历史上不同时期都涌现出了大量优秀的甚至伟大的少数民族诗人。进入到当下,随着阅读、写作和传播的新媒体化,少数民族诗歌生态在持续健康发展,写作格局多元而充满活力。尤其是年轻的少数民族诗人,其眼界更为开阔,写作风格更为多样。确实,与过去的诗人相比,他们在阅读资源、精神资源、写作能力等方面都体现出了一些新貌。这一新貌具体体现在眼光、视野、情怀、个人能力以及对题材处理和修辞技艺的把握等等方面。尤其是摆在我面前的十部诗集,这些70后和80后的十位藏族青年诗人来自不同的藏区,比如西藏、甘肃、青海、四川和云南等地。这一次他们的集体亮相对于我们的读者和专业批评家来说提供了一次非常好的阅读机会。这对于理解他们的诗歌面貌、精神背景、地域文化和传统资源以及他们所展示的新的变化会有非常大的帮助。他们是面向未来的写作者,写作前景是开阔的。回到这十位青年藏族诗人,他们的诗歌在阅读过程中给我带来了一次次的喜悦甚至惊异。从诗歌写作内部来看,尽管他们都是藏族诗人,但是其写作的差异也是明显的。地方空间、民族身份和文化传统以及日常经验只是给写作者提供了一定的资源和际遇,但最重要的还在于诗人通过语言、想象和技艺进行转化、过滤和提升。每一个诗人都应该有属于自己的独特声音和腔调,每一个真正优秀的诗人都是不能被其他任何时代的诗人所取代的独特的"这一个"。显然,他们正在向着独特的"这一个"努力。诗歌不只是要回到故乡和出生地,还要走出去面对时间、未知、历史和世界,"一身寒意,来自我们 / 对未知的畏惧"(王志国)。诗是过去时和当下时间的回响,是不同时间观和个体经验、现实经验的对话甚至碰撞,"这是被特意留下的一叠诗卷 / 讲述的是粘满霜的草地、古寺和经幡 / 有关黎明前的河流。// 之后,我瞩目逃亡的羊群——"(嘎代才让)。这十位诗人的特点和风格,限于篇幅我在这里不能一一详尽叙述,但是整体上而言他们已经呈现出了多元化的写作方向,比如现代主义和象征主义的结合，比如得到改造的区别于传统意义的现实主义，比如有的深情、质朴，有的追求深度和智性的难度，有的语言更为个人化，有的语言则明显受到了民族歌谣的影响。从写作经验来看，他们对于故乡和土地、自然以及民族的抒写是怀着深深的赞颂的，当然在城市化的影响下我们也看到了一些诗人内心的焦虑与不安。如何把这种赞美和不安融入诗行并区别于同民族、同题材的诗歌，这是写作的关键所在。但是，我也想提醒几句。诗歌不能成为民族风景画的平面描写，不要陷入符号化的民俗地理的介绍当中，而是要有自己独特的发现。诗人之间影响的焦虑，尤其是强势文化对边缘文化的影响在写作和阅读中是不可忽视的。而对于少数民族诗人来说，他们不仅面对着巨大的传统以及前代的优秀诗人和重要文本，而且还要与同时代的其他区域、其他民族和其他风格的诗人进行比较。尤其是在写作能力整体提升的语境之下，青年诗人不仅要在藏语诗歌文化内部进行历史的比较和现实的评估，还要放开眼界向同时代的诗人甚至全球范围内不同语种的伟大诗人们学习。尤其是在整体性和总体性缺失的时代，正在流行的是碎片化的写作。而真正伟大的写作，不仅是个人的，现实的，也是历史的和人类的。没有眼界的写作是狭窄的，没有比较的写作是狭隘的，没有历史感的写作是没有持续的生命力的。所以，我希望这十位藏族青年诗人以及当下的青年诗歌写作者们，能够从我说的话中得到某种启发。

尤其需要强调的是，此次十位青年诗人的诗集是汉语藏语双语版的。

这在以往的少数民族诗歌和文学出版上并不多见。全球化和空前交互性的时代，诗歌和文学的跨文化、跨语际、跨族别的传播和对话空前活跃，而且越来越凸显出了交流的重要性。而汉语和藏语双语诗集的推出，无论是对于汉语阅读还是藏语阅读，甚至对于语言的翻译和文字转换而言，都提供了一次非常丰富的阅读空间，并且可以预期这样的出版将有效地推动诗歌的传播，并且其所面对的读者群更为广阔。我真心希望这样的出版能够持续下去并且能够在更广大的空间予以推广，从四川民族出版社的个人行为变成民族和国家的出版工程。不仅关注藏族诗人，而且要对各个民族的诗人予以关注，这将会带动整个民族写作。这不仅便于不同语言和民族的诗人相互学习，而且会让更多的读者和专业批评家关注少数民族诗歌写作的当代状貌和深层变化。我想，随着类似于四川民族出版社的全国范围内的出版工程的推广和扩大，那时，我们看到的诗人、诗歌以及当代少数民族诗歌史的发展将是非常不同的，而更具出版史、诗歌史、传播史和民族史的意义。

作为一个写作年龄三十多年的诗人，我对这些藏族年轻诗人以及其他少数民族的诗人充满了期待。

是为序。

2017年12月，深夜，于中央党校

献给我已故的父母

དེབ་འདི་འདས་གྲོངས་བྱིན་པའི་བྲིན་ཅན་ཕ་མ་གཉིས་ལ་ཕུལ།

1

在帕廓[1]：看见三个红衣僧人
互相传递饮品。

在帕廓：几尺高的天空突然静下来
犹如大风吹散了星辰。

在帕廓：被恐惧围绕，
寺院、街景、流言在背后消失。

2

这是被特意留下的一叠诗卷
讲述的是粘满霜的草地、古寺和经幡
有关黎明前的河流。

之后，我瞩目逃亡的羊群——

---

[1] 帕廓：藏语，拉萨环绕大昭寺的转经道。

3

当阳光在下午的雪地上蹑足前行
那些斑驳的山崖和流水中
将会出现：迷惘、寒噤、枯萎的气息。

....
4

草原持续展开——

没有车辆经过，然而又是一条
又黑又长的路。

5

虚静。周遭的田野——

是一粒种子慢慢发芽的土地
我们迟早会发现它的风景。

花朵会绽放本该属于它的美。

6

菩提树,究竟为谁而生?
甚至最后的灯塔亦被我秘密遗忘。

7

雨,掺和着日光,
我赶上用额头走路的朝圣者。

暮色:寺院边的木桥,
像一匹马,更像一串大昭寺醒着的风铃。

8

从一个季节到另一个季节,花朵
相互对视,而落叶
更像一阵风从眼前晃过。

9

万物复苏的时刻
神灵在一张陈旧的羊皮上刻出民谣
不停地诵念。

——那最高的,天上打坐的人;
是跟我失散已久的宗喀巴[1]大师。

10

精神的光芒不可颠覆。
灵魂在渊面上运行,肉体在大地上祈祷。

---

[1] 宗喀巴: 1357-1419年, 藏传佛教格鲁派创立者, 改革和复兴藏传佛教的宗师。

11

俯瞰苍茫。

如果,此刻有人喊出你的名字,
那只是世俗之余的一份荣光。

12

疲惫的阳光,风雪之上
朝向四个方向:

——春,夏,秋,冬。

13

阳光照在大地上
暖和又舒服

我感到它渗透了藏人的皮肤
就像穿过生锈的肋骨。

14

这是一个平常的下午
阳光格外灿烂。

不想睁开眼睛,或打开电脑
怕失去这一刻的恬静

静静地
面对一本无字的书。

15

爱人像雪山一样冰冷
我的手从阳光中伸出
引她去一座温暖的房屋。

而她,宁愿守在寒风下
等待雪的飘落。

16

别人无法理解的是
我听见了皮肤的声音

让血肉起舞。

17

记录下这些
言辞的边缘与火焰

被风割开的天空
越来越高
——抛弃那些忧伤的字句

我要接近隐匿的真相。

18

阳光是自由的
它照见了草原,羊群
不能说出名字的姑娘

我听见
我身体内部
有阳光走动的声音

19

月光很好
我点燃一支烟后
又灭掉

突然,
大地晃了晃。

20

太阳还没有跃出地面
我从车窗里见到的雪

像夜空中的星辰
能听见相互追赶的声响

21

远方是借用你的手抚摸的一截骨头
是你抚育起来的一匹烈马的影子
是愿意喝酒吃肉的一个僧尼的红袈裟

远方是充满陈年旧事的风景
是你为神山圣湖点燃的三盏巨灯
是愿意把一生哭瞎的老人的皱纹

22

在祖拉康[1]跪拜时分
彻夜坐在青石上苦修的僧人
穿过一座白塔和壁画装饰的长廊

走远,
然则又是一个寂静的早晨。

---

[1] 祖拉康:藏语,即大昭寺。

23

马嚼夜草的声音听见了吗
远处火车隐隐的轰鸣听见了吗
使我的情绪,微微颤抖

24

今晚
你别来敲我的门
我正梦见女神的背

你一敲门
我就看不到正面

25

有朋友在说天葬
一群人在听
成千上万的尸体
被他们嚼来嚼去
觉得嘴边沾血

26

雷声来自黄昏
实际上我不关心这些
但是，蝴蝶死了
跟黄昏有关

27

大地安静
一个骑马而来的王子在异乡不吃不喝

他的身边：落满赤足散花的仙子，而我
为何，异常安静？！

28

我的影子在墙壁上行走
发觉有两个头颅

29

火焰在空中跳舞
我使劲捶打
打出一把统治天下的刀

30

一朵雪莲的枯萎之日
荒天无声

我受伤的内心
有难言之隐

31

我得承认
小说主人公是个杀人犯
不过,我由衷地热爱
一摊血迹

32

看到一幅油画
佛的阴沉,佛的慈悲
绛红色的袈裟

掠过心境——

33

不倾诉。他沉默
已是一位老人多年的背影。

趁天未亮,去熟悉,相拥。

34

手突然一抖
点开了一张照片
面带微笑

35

渴望有一把钥匙
撬开她心灵的一把钥匙。

36

你的生命将如何转移?
你的轮回中有我的影子吗?

37

听见了她最后的歌声
犹如之前我每天给她唱歌一样
优美,动听,甚至慈悲。

38

木桶内掉落的仅仅是雪吗?
看看,母亲的眼泪。

39

到了歇息时间
我躺着翻阅艾伦的诗
竟然想起了母亲

40

我羞于说出爱
说出自己写下的文字

终其一生
我就这么死心塌地过一次。

41

一册经卷
被风念诵

....

42

我的愤怒和绝句
从今天开始直指你的心脏

....

43

"泪痕急于消失"

重复这句话的时候
我哭了。

44

我在阳台沉思
对着夜色走神片刻
秘密无所不在
一言难尽

45

明知道
想你是一种痛
趁着别人不注意之时
我又开始

想
你
了

46

身子僵直
手臂无法动摇
有一种藏在心里的话
不时涌出

47

歇下手脚
仆倒在一片光影里
看见秘密打坐的僧侣
立地成佛

48

黎明的声音
隐隐作痛于往日的举念

诸神仰天大笑

49

体制的反击
以自娱自乐起始。

50

过了个把月后
才注意到
我竟然在中国写诗
养家糊口

51

不经意中
喊出了你的名字
你居然开口应答
叫出声

52

每到一个路口
犹豫不决,长时间不敢动

半个晚上
我就哼着某首异国歌谣
禁不住掉泪

53

为了忏悔
我爱上了整个人类。

54

立足于佛的周遭
光芒惊醒了我

55

西藏，是刀刃
西藏，是鸟巢
西藏，是急流
西藏，是劫难

56

他不慌不忙
他不急于奔向
任何地方

57

泪水和孤绝。怅望远方
这就是流亡。

这就是
我父亲的隐痛与质询——

....

58

伤痛置于话语深处，
隐隐作痛……

59

潜伏在你的痛中
黎明前远走。大风呼啸而来
长发凌乱。

60

高处的,也将消失的
精灵之地,面目全非

"是谁在暗地里流血?"

61

这些光,一晃就不见了
拥挤黑暗的某一天,远远走来的
不只是人类

62

剩下的是:在黑暗中歌唱。
渴望诸神的救赎。

63

看不见的西藏
有一阵风,若无其事地追赶
那即将消失的故土

64

这些毕竟是诗
不是对话
不是搞文论
而诗最好的性质是
让所有人
都惊讶,并且死亡

65

供佛的花
迟迟未开
日渐冷落的佛堂里
我的信仰
毫无意义

66

诸多神灵环绕你的周围
像一个人那样,像个藏人那样
用母语哭诉一块火石的冷暖
显得彬彬有礼——

那时,仰头。我便看见了什么
一颗被击碎的星辰

67

一天之中
嬷啦[1]最幸福的事
莫过于领着小狗
去转经

---

[1] 嬷啦:藏语,老太太。

68

如果可以
给我打制一副面具吧

不想人类看见我
泪迹斑斑的脸庞

69

是否在酒精中朝拜
不然,我眼里的西藏
为何摇摇晃晃

70

残存的精神
更加招人敬佩

71

朋友一直不松手
并附加意义地说:
"好好休息,
并有一觉春梦"

72

"话又说回来
有些时候
也很同情他们"

73

"……我的爱含笑无语
我的爱狼狈不堪
我的爱,苍茫如灰
我的爱,跋涉,叹息,自命不凡。甚至
面目全非。"

74

并不是灯光暗淡
并不是我的仇恨诞生于黎明
并不是一场灾难让笑容熄灭
我与你如此投缘

不就是终止歌声嘛。

75

请仔细看
我的心灵一尘不染

76

如果这个时候
我想起你:

除了国籍,名字,性别
若干年前朗诵的一首诗之外
我还能想起什么?!

77

不要访问一个
天性忧郁的人
因为他的回答
时刻让你脸红

78

母亲又悄悄转过身去
擦汗!

79

正午时分,他还在策划一场舞剧
这一切仅仅是为了一个女人
他陷入了一种困境,一种难以摆脱的虚幻
他反复梦见有个女孩在说话
替他流泪,乃至咬舌自尽。

80

只要我能从记忆中把你写出来
就证明,我有所爱之人
我会更爱你,即便赤身裸体,即便闭目塞耳
即便昼夜颠倒……

我相信爱情,如同相信你!

81

与世隔绝的
(寂寞,孤独,思念,故乡,家园,同胞,
外面,亲人,无数怜悯的词语,时刻刺痛着我)
凌晨两点
我借窗外的光

在
写
诗

82

是的,你理解了我
理解不了我的艺术

83

我在浮想她的未来
因此,至深的宁静中,
我的宗教沉默。

84

族人甜睡不醒
使我深感不安。我的预感,早年如此
现在也如此
因为,我相信
罪恶降临前每个人都有宁愿一死的渴望

85

如果你愿意

我就平静地放弃一切吧
包括生命!

86

别在我身上找灵魂
我的灵魂不在身上

87

光阴的表面
被另一种悲怆所潋动
你落入喧哗的那一刻
难以忘却

88

带着失真的歌喉
你就此迈步
轮回中若能与佛共度

生命的体系
无须繁星来牵引

89

"就像出生时那样
去时也泪流满面"

90

即使我们在此间
成熟很多,并懂得放弃和珍惜
但终其一生
无数次地翻身:留给人间的遗憾
唯有绝尘而去,不留恋。

91

我们有同样的夏天
可你的夏天
无需劳动
我的夏天,越来越忙乎得不可开交
我想分开身体:
一半去你那边休息
直至明年花开

92

冷冰冰的现实里
一切如期而至
家破人亡
痛苦辗转在无限的臆想中
想掩盖本质

93

分辨不清
悲哀与喜悦
邻居失声大哭
除了哭声
整座楼很安静
她年纪大
她离过婚
透过黑暗
她向谁证明
自己的苦

94

"谁又顺手拿走了一尊佛像?"

95

一串念珠
在知义与感恩间
逐散而逃

96

"属于他们的这些
原先是属于我们的……"

97

春天到了
一万只羊中
你更像狼

98

如果这一切缘于
故乡的话
我敢在任何一个地方
承认:

我有开窍灵魂的钥匙

99

阴天
粘在被窝
上网

被朋友讥笑
才发现:

与电脑共床
数十载

100

"白天和夜晚
都让人感到孤独"

101

内心的秘密
缘起众神之手?

102

"这是爱人的美
不可企及……"

103

"必定与她有着隐约的因缘"

104

唯有我这样彻底想你!

差点儿失声
叫出了你的名字。

105

雨夜，伤怀。不至于埋下
损毁的理念。顺便记录这错误的一代：

"马不停蹄，又赶至——
一册经卷中的故乡，一去不返。"

106

并不是孤身一人便去凝视。我知道，
朝觐的路上，我看到的不仅仅是这些——
"……幽暗而荒凉。不过，请你千万别
说出被沦陷的秩序！"

107

西藏之白昼
魔鬼在打更,黑夜中逃亡的
奴隶拒绝被受领。
喇嘛在高处,开口说出遗失的
真相之际:

我再一次匍匐在地
祈祷。以至掉下那滴
冰冷的泪水。

108

我知道大地无恙
在黑夜中,当你醒来
僵硬的尸体是否成为
一种深沉的虚构

对了,我看见了一束光
与宗喀巴有关……

109

"三盏油灯在燃烧
并不是纪念
并不是灯盏中开出美丽的花朵
远在草原深处的
小牧童手执鞭子,轻轻敲响夜的
骨髓,及断裂的岁月"

110

设想在这样的清晨
这应该是需要铭记的字母
我的体内
埋藏着更多的鱼儿:
逃亡的、生活的、发霉的……
犹如几尺高的天空突然燃烧
落下灰烬。
一粒,两粒,三粒,四粒
千万不能
把这些生灵腌制成亡灵
送入地狱。

111

过了一百年后
魔鬼的吟唱
渐渐平息,没有声响
心头的隐痛
来世的自由
我何时才能娴熟地决定:
有关爱的一切?!

112

体内的石头
突然开花
无数赤脚仙子
从天而降

113

那边的夜
允许我用一年的时间来解读
拂去灰尘;
剩下不会生锈的爱情

不要说我不谙世事
不要说我的悲苦、欢乐
埋在其中。

114

你的声音
像是一幅虚构的画
推翻表象
显得更加清晰

115

"一遍又一遍地
想窃听我的心灵"

116

有一天
病好了
请一定要让我紧紧拥抱

尽管
有些脆弱
有些慌

117

飞机坠落
火车脱轨
轮船下沉的声音
我听着怎么都像
念遗嘱

118

在胆结石满地
打滚的绞痛中
我发誓要做个无胆英雄

"割了,算了"

119

"不需要任何理由来
打乱轮回的秩序!"

120

火焰巨大。你刺骨的
疼痛还在延续:

"双手合十,歌颂上师
这该是神祇,只为同胞听取!"

121

从此,我热烈于最后的结局
并不是纪念,并不是对个人的清算
凭着内心最初的辞藻
我回到了金属的西藏,天命如此

比死亡、囚禁和嘶鸣
更高尚——

122

这样的田野属于我
深夜的荷兰乡村,我在赶星星
陪着夫人和女儿
我们的幸福在那星星上
一闪一闪终究照不到
我们破旧的屋顶

这时,我还没有醒来
纯洁的爱,不懂得遮掩

123

歌声终止
大地如盘沙。

124

嘉那玛尼[1]石堆如山
行人走在一侧
往往会说:"剩余的奇迹,
疼,还是不疼?"

---

[1] 嘉那玛尼:全称"嘉那玛尼石经城",位于青海省玉树藏族自治州新寨村,由藏传佛教高僧嘉那道丁桑秋帕永建。嘉那玛尼石刻经文数量之多,雕刻持续时间之长,规模之大,堪称世界之最。

125

日光远去，黑暗普照
我在逃亡中思念上师腐朽的脸庞
还未穿越故乡。

126

大风吹动，黑夜随我载入这座城市
我听到了爱人歌唱的声音——

"慧眼黯然失色……"

127

天空过早地亮了，悲伤就此降临
他一声不吭地目视前方。哦，看到了什么——
他没有激动。

只说：看到了死亡。我说真好！

128

天地融为一体：云层之上的王位等候
十万只海螺的鸣响。

129

远不及我想象的
那么万家灯火
远不及我想象的
那么喧嚣散尽

130

夏天，顺水而下的羊群
在马路边生儿育女。

夏天，三十四匹幼马穿过草地
踩烂了刚刚绽开的格桑。

夏天,装着牦牛的卡车
在前往屠宰场的路上翻倒。

131

我在雪域大地,反复点亮一盏灯,
使你站在夜的背后

——也不会觉得惧怕。

132

因为清晨,这个寺院的存在
一切继而发生的故事
和我的信仰深入心底
延伸至一个四周长有菩提的小院,解析一个
恋爱中的女子;

静静仰望蓝天,呼唤自己的名字。

133

黑夜由此延伸——

我将卦师的秘密带到途经的高处；
盘腿而坐。

也许风还会继续吹着,由于寒冷
我还会写下很多与你有关的文字。

这时,我的幸福像一枚月亮
越看越亮!

134

欲裂的伤口谁来缝合?
仿如:阴阳、男女——

我该如何拈花微笑?

唯有意念能识破。

135

"这个冬天怎么了,尤其想你。
甚于秋天"

136

"黎明前诞生的婴儿,在雪山之顶号哭"

137

虚空的梦境之后,幻化于故乡附近的诸神
试图再次说出黑夜中诞下婴儿的新娘,仿佛离我不远

亲爱的,亲爱的,那是我的吗?

138

天早该黑下来,把忧郁扩大

139

端出泪水等你?
捧出心脏等你?
挺出身躯等你?
我想,这样的举动要高出众人
高过理念——

我缄口不言,珍视你!

140

我们并没有什么变化
只是,不敢说出未来的细节

141

"端坐高处的诸神,惨然微笑,难道这仅仅是
一个黯然失色的冬天?"

142

爱着你的急速的时间
爱着抑郁的内心
爱着夺眶而出的泪,爱着命运的酸苦
爱着醒目的身姿
爱着声音,爱着你的悲伤。

我想起你,很容易就想起你!

143

未来是一匹马
我和她骑在这匹马上

奔跑,
只是略感疼痛!

144

早晨醒来对佛供完净水,我仰头祷告
剩下的半截人生。

145

"我的悲伤没法安慰!"

天是否过于蓝,地是否过于荒凉
我都没兴趣看。

渐行渐远,我始终快乐不起来!

146

不一定是疼痛,彼此意蕴深长
不容易遗忘。

不一定是疼痛,没法深层次地抵抗。

不一定是疼痛,想念之后
躬身行礼,等死亡。

147

暮色深重——

安睡之前摸不着黑色的边际
这就是高原与"内地"的区别,我有些不习惯
更多的时候我一言不发。

148

"她明白的,也许我们不需要不明白"

149

"阻止不了一切美好的
急于追逐的就在眼前"

在结束一场旅途之前
我必须学会感恩,久久地回望
直至消失。

150

他如是描述,激动之余
一碗酒一干而尽;把酒盏中摇曳的火光当作爱人
再次说出心中的哀怨

151

深处的伤痕——

更像是西藏的废墟
寺院的废墟；法号断止，空无一人
将被秘密地遗忘。

152

两只失望的狮子
相互对视

坚持不眨眼
一动不动，隐忍仇恨

鼻子里冒出血
我希望血的颜色是黑的

153

我以佛教的爱来,呵护你。我以佛教的慈悲来抚慰你。

神灵乐于施舍。世界的威胁
让我激动不已,我拥有浑身冰凉的信仰。

154

"她的眼睛和手掌的纹路都是西藏的
她的名字,西藏的
她的梦和悲伤,西藏的
她的信仰,她的双脚和身体,西藏的
她的语言和她的沉默,西藏的
她的声音,西藏的
她的出生和死亡,西藏的"[1]

---

[1] 仿巴勒斯坦诗人穆罕默德·达维什诗作。

155

"废墟中只有我受伤的同胞"

众人聚焦猜疑
于是最后一个回答者抬起头额
再一次试图说出

一册焚毁的经卷
上面有我奔跑的母语!

156

"我听见了这座城市的杂音"

噩梦中醒来
汗流浃背

我在寂静的梵音中
貌似在接近
佛陀涅槃之地
拘尸那罗——

157

老徐说:
我信有天使在我的
屋顶上飞翔

我则说:
我信有神灵在我的
屋顶驻扎

158

如果今天的雪
源于一场绝望的爱情
那么,我会体验到
之前少有的悲壮
来赞美冬天

159

短暂的四天
似乎没有人管你
当飞机从奥斯陆的
机场慢慢升起
飞回自己的故乡时
两行热泪悄悄地滑下了
你瘦削的脸颊……

160

生命的迹象难以显现。

觉悟迟钝在
宇宙的美学中。

凡有使命的人
不会在意
意义上的：荣耀和苦难

161

看到普约尔热泪盈眶
高举加泰罗尼亚旗子的场面时
我突然清醒了很多

因为,我在别人的手臂上
看到了自己的母语

大意为:
"能量凝聚于内心深处,
有力量的人善于忍耐。"

162

看见迎接我出生时的那张脸
不是父母,不是亲人
是一张衰朽不堪的微笑
瞬间回头——上师的微笑
灿如莲花。

1

བར་སྐོར་དུ།
དར་སྨུག་གི་ལྱུབ་བསྐྱུབས་པའི་བཅུན་པ་གསུམ་གྱིས།
སློམ་ཅུ་ཕན་ཚུན་ལ་བརྗེ་བ་མཛོད།

བར་སྐོར་དུ།
མཛོ་ཚོད་ཁྱུ་འགའ་ལས་མེད་པའི་ནམ་མཁའ།
དགའ་ཀློང་གིས་གཏོར་པའི་སྐར་མ་བཞིན། བློ་བུར་དུ་དབེན་སྟོང་དེར་གྱུར།

བར་སྐོར་དུ།
འཇིགས་སྣང་གིས་མཐའ་བསྐོར་ཏེ།
དགོན་པ། སྲང་སྟོངས། གཏམ་ཡན་སོགས་ལྔག་རྒྱབ་ནས་ཡལ།

....

2

འདི་ནི་ཆེད་དུ་བཞག་པའི་སྐྱོན་དག་གི་ཤོག་རྗེལ་ཞིག
ཟིལ་བས་ཁེབས་པའི་སྡངས་སྟོངས་དང་གནའ་དགོན། དར་སློག
སྐྱུ་རེངས་སློན་གྱི་གཅོང་བོ་སོགས་བརྗོད་བྱར་བཟུང་ཡོད།

མཇུག་མཐར། ངས་བོས་བྱོལ་བྱེད་ཀྱིན་པའི་ཡུག་ཕྱུའི་ཕྱོགས་ལ་ཆེར།

3

ཉི་འོད་ཕྱི་དྲོའི་ཁ་བའི་སྟེང་འཛབ་ཉུར་བྱེད་སྐབས།
ཁ་ཤིག་ལྷུང་བའི་བྲག་གཟར་དང་བཞུར་ཆུའི་དོས་སུ།
རྒྱངས་འབོད། འདར་སིག སྐམ་རླུལ་གྱི་མཁན་དབུགས་ཤིག་འཚུབ་འོངས།

4

རྩྭ་ཐང་བསྟུད་མར་རྒྱུད་གྱིན་འདུག

རླངས་འཁོར་ལ་བགྲོད་པ་མི་འདུག དེའི་རྗེས་སུ།
ནག་ཅིང་རིང་བའི་ལམ་ཞིག་བསྲིངས་འདུག

5

ཞི་འཇགས། ཨུར་ཟིང་གི་ཞིང་ཚིགས་ནི།

ས་བོན་རྟོག་གཅིག་དལ་གྱིས་འབུས་པའི་གཤིན་ས་ཡིན།
ང་ཆོས་ནམ་ཞིག་ཡོའི་མཇེས་སྡོངས་དེ་མཐོང་སྲིད།

སྐྱིར་ན་མེ་ཏོག་གིས་རང་ལ་དབང་བའི་མཇེས་པ་དེ་མཛིན་ཆོག

6

བྱང་ཆུབ་སྡོན་ཤིང་། ཡང་སྙིང་སུ་ཞིག་གི་དོན་དུ་སྐྱེས།
ཁ་ན། ཆེས་མཐའ་མའི་སྒྲོག་གི་མཆོད་ཪྟེན་དེ་དང་། གསང་སྦས་ཀྱིས་བཪྟེད།

7

བསིལ་ཆར། ཉི་འོད་དང་རླུང་།
ང་དཔྱལ་བས་ལམ་ཆད་གཞལ་བའི་མཇལ་བ་དང་ཕྲད།

ས་སྲོད། དགོན་པའི་འགྲམ་གྱི་ཤིང་ཟམ་དེ།
རྟ་པོ་ཞིག་དང་འདྲ། གཅུག་ལག་ལ་ཡང་ནས་སད་པའི་རླུང་ཕྲིལ་ཞིག་དང་དེ་བས་ཀྱང་མཚུངས།

8

དུས་ཚིགས་ཤིག་ནས་དུས་ཚིགས་ཤིག་ཏུ། མེ་ཏོག
ཕན་ཚུན་ལ་ཅེར་གྱིན། ལོ་མ་ཟགས།
མིག་མདུན་གྱི་སྣང་བ་མགྲོགས་པོ་དེ་དང་ཀུན་ནས་མཆུངས།

9

སྐྱེ་དགུ་བསྐྱར་དུ་སད་སླབས།
ལྷ་ཚོགས་ཀྱིས་སྙིང་རྗེག་ཆགས་པའི་པགས་པ་ཞིག་ཏུ་དམངས་གཞས་ཕབ་པ་དང་།
བློས་བཏོད་ཀྱི་མཆམས་མ་ཆད།

ཆེས་མཐོ་བའི་བར་སྣང་ན་ཉིང་འཛིན་ལ་བཞུགས་མཁན་དེ་ནི།
ང་དང་གྱིས་ནས་ཡུན་རིང་འགོར་བའི་རྟེ་ཚོང་ཁ་པ་རེད།

10

བསམ་པའི་འོད་སྣང་འཇིག་མི་རུང་།
ཚོར་ཤེས་ནི་གཏིང་རིམ་གྱི་དོས་ན་རྒྱུ། གཟུགས་གཞིས་མ་སྐྱང་སྟེང་དུ་གསོལ་བ་བཏབ།

11

ས་ཆེན་ལ་རྒྱང་སྐྱ་བྱས།

གལ་ཏེ།
སྐབས་འདིར་མི་ཞིག་གིས་ཁྱོད་ཀྱི་མིང་བོས་ཚེ།
དེ་ནི་སྨྱུ་པོའི་འཇིག་རྟེན་ལས་བརྒལ་བའི་གཟི་འོད་ཅིག

12

ཐང་ཆད་པའི་ཉི་འོད། གདངས་རྫུང་སྟེང་དུ།
ཕྱོགས་བཞི་ལ་འཁོར།

དབྱར་དགུན་སྟོན་དཔྱིད།

13

ཉི་འོད་ས་གཞིར་འཕྲོས་ཏེ།
དོད་ཅིང་སྐྱིད།

ངས་ཉི་འོད་ཀྱི་དྲེག་པ་ཆགས་པའི་སོག་རུས་ཤིག་ཁྱད་ཀྱིས་བཙལ་པ་ལྟར།
བོད་མིའི་ཤ་པགས་ལ་ཞིམ་པ་ཚོར།

14

འདི་ནི་སྟྱིར་བཏང་གི་ཕྱི་རོ་ཞིག
ཉི་འོད་ལ་དམིགས་བསལ་གྱི་གཟི་མདངས་ཤིག་མཛེས།

ཞི་འཛགས་ཀྱི་འཇིག་རྟེན་འདི་མི་དགོངས་ཆེད།
མིག་འབྱེད་མི་འདོད་ལ་ཅིས་འཁོར་ཀྱང་ཕྱི་མི་འདོད།

ཁྱུ་སིམ་མེར།
ཐྲིས་གཟུགས་མེད་པའི་དཔེ་དེབ་ཅིག་ལ་ཆེར།

15

མཛའ་གྲོགས་གངས་རི་ལྷར་འཕྱག
དའི་ལག་པ་ནི་འོད་ལས་བསྲིངས་ཏེ།
མོ་ལ་དོད་སྙིང་གྱི་ཁང་པ་ཞིག་བསྟན།

ཡིན་ཡང་།
མོ་ལྕག་རྫུང་ཁྲོད་བསྲུན་ཆུགས་ཀྱིས་འབྱེད་སྟེ།
ཁ་བའི་འདབ་མ་ལྕུང་བར་བསླུག

16

གཞན་གྱིས་འདང་མི་དཔོག་པ་ནི།
ངས་བགས་པའི་སྒྲ་ཐོས་པའོ། །

ཤ་ཁྲག་གིས་སྡང་སྡབས་སྒྱུར།

17

ཚིག་བྱར་དང་མི་ལྟེ།
ཟེན་ཐོར་འགོད།

སྦྱང་གིས་གཏུབ་པའི་ནམ་མཁའ།
དེ་མཐོ་ནས་དེ་མཐོ།
སེམས་སྐྱོ་བའི་ཚིག་དེ་དག་རྒྱབ་ཏུ་གཡུག

ང་གསང་བའི་བདེན་པ་དང་བཅར་ལ་ཉེ།

18

ཉི་འོད་ནི་རང་དབང་དུ་རྒྱུ།
ཆོས་རྒྱུ་ཐང་དང་ཡུག་ལྟ།
མིང་མི་ཤེས་པའི་བུ་མོ་ལ་འོད་སྲུང་སྙིན།

དའི་ལུས་གསེང་དུ།
ཉི་འོད་འགུལ་བའི་སྒྲ་འདུག
ངས་ཐོས་ཐུབ།

19

རླ་འོད་ཤིན་ཏུ་སྟུག
ངས་དུ་བ་ཞིག་ལ་མེ་བསྐྱོན་རྗེས།

ས་ཆེན་འདར་ཚམ་འདར་ཚམ་བྱས།

20

ཞི་མ་ས་དོས་ལ་བྱད་མེད་པའི་སྡུ་རོལ་དུ།
སྣང་འབོར་གྱི་སྐྱེའུ་ཁྱང་ལས་མཐོང་བའི་ཁ་བ།

མཆན་མོའི་ནམ་མཁའི་སྐར་ཚོགས་ལྟར།
ཕན་ཚུན་བདའ་འདེད་བྱེད་པའི་སྣ་ཐོས་ཐུབ།

21

རྒྱང་རིང་ནི་བྱེད་ཀྱི་ལག་པ་གཡར་ཏེ་བྱིལ་བྱིལ་བྱས་པའི་དུས་པ་ཚོགས་གཅིག
ཁྱོད་ཀྱིས་གསོས་པའི་ཏ་ཀྲོད་ཀྱི་བྱིབ་མ་ཞིག
ཤ་ཟ་ཆང་འཐུང་ལ་སྐྲོ་བའི་བཅུན་པ་ཞིག་གི་དུར་སྒྲུག་སྒྲུ་ལུ་ཞིག

རྒྱང་རིང་ནི་འདས་དོན་གྱིས་ཕུག་པའི་མཇེས་སྡོངས་ཤིག
ཁྱོད་ཀྱིས་སྡུ་རེ་སྣ་མཚོར་བསྐྱོན་པའི་མཆོད་རྟེན་ཆེན་པོ་གསུམ།
ཆེ་གཅིག་ལ་དུས་ནས་ལོང་བར་གྱུར་ཡང་མི་འགྱོད་པའི་རྐྱན་པོའི་ཐོད་པའི་
གཞིར་རིས་ཤིག

22

གཙུག་ལག་ཁང་མདུན་དུ་ཕྱག་འཚལ་སྐབས།
མཆན་ཞག་རྒྱལ་བོར་རྡོ་བའི་སྟེང་དགའ་སྟོང་བྱེད་པའི་གྲུ་བཙུན་ཞིག
མཆོད་རྟེན་དཀར་པོ་ཞིག་དང་སྤྲེབས་རིས་ཀྱིས་རྒྱབས་པའི་ཁྱམས་རིང་ཞིག་བརྒྱུད་ནས་རྒྱང་ལ་བཞུད།

སྣར་ཡང་། ཞི་འདུགས་ཀྱི་ནང་མོ་ཞིག

23

དུ་བོས་རི་ཚུ་ཟ་བའི་སྨྲ་ཐོས་སོང་དམ།
རྒྱུད་རིང་གི་གསལ་ལ་མི་གསལ་བའི་མི་འབོར་གྱི་སྨྲ་ཚོར་བྱུང་དམ།
དའི་སེམས་ཁམས། འདར་ཚམ་བྱས།

24

དོ་དགོང་།
ཁྱེད་རང་ངའི་སློ་ཧྲུང་དུ་མ་འོངས།
ངས་ལྷ་མོའི་རྒྱབ་གཟུགས་སྐྱེ་གཡེན་ཡོད།

ཁྱེད་ཀྱིས་ངའི་སློ་བཏང་ཚེ།
ངས་མོའི་མདུན་གཟུགས་མཐོང་མི་ཐུབ།

25

གློགས་པོ་ཞིག་གིས་བྱ་དུར་ལག
མི་ཚོགས་ཀྱིས་ལོ་ལ་ཉན།
བེམ་པོ་ཁྲི་སྡོང་མང་པོ།
ཁོང་ཚོའི་སྒྲ་ཐོག་ཏུ་སོབ་སོབ་འགུལ།
ཁ་ཁྲག་གིས་སྣགས།

26

འབྲུག་སྒྲ་ས་སྒྲོད་ནས་གྲགས།
དོན་དངོས་སུ་ངས་འདི་དག་ལ་དོ་སྣང་མི་བྱེད།
ཡིན་ཡང་། ཕྱི་ལེབ་མོ་ཤི་སོང་།
དེ་ས་སྒྲོད་དང་འབྲེལ་བ་འདུག

27

ས་གཞི་ཁུ་སིམ་མེ།
རྒྱལ་བུ་ཧ་ཝོན་ཞིག་གིས་གཞན་ཡུལ་ནས་ལྟོགས་སྐོམ་མྱངས།

ཁོའི་འགྲམ་དུ་ཞབས་ཇེན་དུ་མེ་ཏོག་གཏོར་བའི་ལྷ་བུས་ཁེངས། ཡིན་ཡང་ང་།
ཅིའི་ཕྱིར། འདི་འདྲའི་འཛགས།

28

དའི་ཁྲིབ་གཟུགས་ཀྱང་དོས་སུ་བགྲོད་ཀྱིན་འདུག
དེ་ལ་མགོ་བོ་གཉིས་འདུག

29

མེ་ལྕེས་བར་སྣང་ནས་བོ་འཕྲག
ངས་གནམ་འོག་དབང་དུ་སྒྱུད་པའི་གྲི་ཞིག
བཙོ་སྒྱངས་བྱས།

30

གངས་ལྷ་མེ་ཏོག་ཁང་གཅིག་སྐམ་པའི་ཉིན་མོ།
འཇིག་རྟེན་དབེན་སྟོང་དུ་ལུས།

དའི་རྐྱས་ཕོག་པའི་སེམས་པར།
གསང་བའི་གསང་བ་ལྡུག་འདུག

31

སྐྱོང་གཉམ་གྱི་མི་སྲུ་གཙོ་བོ་ལྭག་དམར་ཞིག་ཡིན་པ།
ངས་ཁས་མི་ལེན་ཐབས་མེད། ཡིན་ཡང་།
ང་རང་ཁྲག་གི་རྗེས་ཤུལ་ལ།
སེམས་གཏིང་ནས་དགའ་པོ་བྱུང་།

32

སྲུམ་མཚོན་རེ་མོ་ཞིག་ལ་བརྟག
སངས་རྒྱས་ཀྱི་ཞལ་སྔག སངས་རྒྱས་ཀྱི་བྱམས་པ།
དུར་སྲུག་གི་མཆོངས་བཟའ།

སེམས་དོས་སུ་འབྱུག་ཆམ་བྱས།

33

སྐད་ཆ་མི་འདུག ཁྱུ་སིམ་མེར།
རྐན་པོ་ཞིག་གི་ལོ་མང་པོའི་རྒྱབ་གཟུགས་སུ་གྱུར་འདུག

ནམ་མ་ལངས་སྔོན་དུ། རྒྱས་ལྡངས་ནས་དམ་དུ་འཁྱུད་ཅིག

34

ལག་པ་འདར་ཚམ་བྱས་ནས།
པར་རིས་ཞིག་གི་སྒོ་ཕྱེས།

གདོང་ལ་འཛུམ་གྱིས་ཁེངས་འདུག

35

ཞྭ་མིག་ཅིག་གིས།
ཆོའི་སེམས་པའི་སྒོ་མོ་འབྱེད་འདོད།

36

ཆོད་ཀྱི་ཚེ་སྔོག་རྟེ་ལྷར་འཁོར་སྐྱོད་བྱེད།
ཆོད་ཀྱི་འཁོར་བའི་ནང་དུ་དབའི་གཟུགས་བརྙན་ཡོད་དམ།

37

མོའི་ཆེས་མཐའ་མཇུག་གི་སྨྱུ་སྐུད་དོས།
དེ་ནི་སྟོན་ཅད་མོ་ལ་ཞིན་རེར་གནས་ལྡངས་པ་རྟེ་བཞིན།
སྨྱན་ཞིད་འདྲེབས། ཐ་ན་བྱམས་སེམས་ཀྱིས་ཁྱབ་འདུག

38

ཤིང་རྗོའི་ནང་ལྷུང་བ་ཁ་བ་ལོན་ཡིན་ནམ།
གཟིགས་དང་། ཨ་མའི་མིག་ཆུ།

39

ངལ་གསོའི་དུས་ལ།
ངས་གན་རྒྱལ་དུ་ཨེ་ལོན་གྱི་སྨན་དག་བཀླགས་པས།
ཨ་མ་དྲན་བྱུང་།

40

ངས་རང་ཉིད་ཀྱི་བརྗེ་བ་དང་།
རང་གིས་ཐབ་པའི་ཡིག་འབྲུ་འདི་དག་གཞན་ལ་སྟོན་རྒྱུར་དོ་གནོང་།

ཅེ་འདིར།
ངའི་སློ་གཅིག་སེམས་གཅིག་བྱས་པ་ཞེངས་འདི་ཡིན།

41

ཚོས་དཔེ་ཞིག
རླུང་གིས་བསྐྱགས་ཚར།

42

ངའི་ཁོང་ཁྲོ་དང་ཐ་ཆིག
དེ་རིང་ནས་ཁྱོད་ཀྱི་སྙིང་ལ་གཏོད་དེས།

43

མིག་ཆུའི་བཞུར་རྒྱུལ་ཡལ་བར་བྱེད།

ཆིག་འདི་ཡང་ཡང་སློག་སྐབས།
ང་དུས་བྱུང་།

44

དས་ཞེ་འོད་འོག་ཏུ་བསམ་བློ་བཏང་།
མཚན་སྨུག་ལ་སྡང་བ་རེ་ཙམ་བོར།
གསང་བ་ཕྱོགས་སོ་སོ་ནས་འདུག
ཡོད་ཚད་བརྗོད་ལས་འདས།

45

བྱེད་ཐབས་པ་དེ།
མནར་སྡུག་ཅིག་ཨིན་པ་ཤེས་མོད།
མི་གཞན་མེད་པའི་སྐབས་དང་བསྟུན།
ངས་ཡང་བསྒྱུར།

བྱེད་ཐབས་བྱུང་།

46

ཡུས་པོ་རེངས་པོར་གྱུར།
དཔུང་བ་གཡོ་འགུལ་མི་འདུག
སེམས་ལ་ཉར་བའི་སྐད་ཆ་ཞིག
སྐབས་དང་སྐབས་སུ་ཕྱིར་ཤོར།

47

ཀང་ལག་སློད་དེ།
འོད་ཀྱིབ་ཀྱི་ཕྱུང་པོ་ཞིག་ཏུ་ཡུས་པོ་འཚང་།
ཏིང་འཛིན་ལ་བཞུགས་པའི་བཙུན་པ།
བློ་བུར་ཏུ་སངས་རྒྱས།

48

རྐུ་རེངས་ཀྱི་སྐྱེད་སྦྱསྨ།
འདས་ཟིན་གྱི་དྲན་པའི་རྦུག་གཟེར་བསླངས།

སྔ་ཚིགས་ཏུབ་དགོད་བུས།

49

ལམ་ལྱུགས་ལ་ཐར་རོལ་བྱེད་པ་དེ།
རང་སྲུང་རང་སྐྱིད་ནས་མགོ་བཙུམས།

50

བླ་བ་འགའི་རྗེས་སུ།
ངས་ད་གཟོད།
གྱུད་གོ་ནས་སྣུན་དག་བྱིས་ཏེ།
རང་ལ་གསོ་བ་རྟོགས།

51

མ་གཟབ་པར།
བྱེད་ཀྱི་མིང་ནས་བོས།
བྱེད་ཀྱིས་ཁ་བྲག་སྟེ།
ལན་བཏབ།

52

ལམ་མདོ་རེ་རེར་ཐོན་དུས།
ང་ཕྱི་ཚོམ་གྱིས་འགུལ་མི་ཐུབ།

མཚན་བྱེད་ཅིག་ལ།
ངས་རྒྱལ་ཁབ་གཞན་གྱི་སྒྱུ་དབྱངས་ཤིག་སྣ་སྒྱུར་གྱིར་ཏེ།
མིག་ཆུ་དབང་མེད་དུ་བོར།

53

འགྱོད་བཤགས་ཀྱི་ཚེད།
ང་མིའི་རིགས་ཡོངས་ལ་ཞེན་པར་གྱུར།

54

སངས་རྒྱས་ཀྱི་ཉེ་འཁོར་དུ་གཞི་ཆགས་ནས།
འོད་ཀྱིས་ང་རང་གཞིད་ལམ་བསླངས།

55

བོད། གྲི་རྩེ་ཡིན།
བོད། བྱ་ཚང་ཡིན།
བོད། དྭག་ཆུ་ཡིན།
བོད། ཆགས་འཇིག་ཡིན།

56

ཁོ་ལ་བྲེལ་འཚུབ་མེད་པར།
ཁོ་ཕྱོགས་གང་ལའང་།
འགྲོ་རྒྱུར་མི་བྲེལ།

57

མིག་ཆུ་དང་ཞིར་རྒྱུད། རྒྱུད་རིང་ལ་ཆེར།
འདི་ནི་ཕྱི་ཚུལ་ཡིན།

འདི་ནི།
ངའི་ཨ་ཕའི་བྲག་གཟེར་དང་དོགས་འདྲི་ཡིན།

58

རྒྱ་ལེ་སྐད་ཆའི་གཏིང་རིམ་ལ་ཆགས་ཏེ།
རུག་གཟེར་བསླངས།

59

ཆོད་ཀྱི་ན་རུག་ཧྲོད་སྨས་ནས།
སྨྱུ་རིངས་རྦོན་རྒྱུད་དུ་བཞུད། རྒུད་ཆེན་འུར་སྨྱ་དང་བཅས།
སྨྱ་ལོ་གཟེང་།

60

མཚོ་སའི། མི་འགྱུངས་པར་ཡལ་འགྲོ་བའི།
སྐྱ་འདྲེའི་འཇིགས་རྟེན་དེར་ཤུལ་མི་འདུག

"གསང་བའི་གནས་སུ་སུ་ཞིག་གི་ལྡག་བཞུར་ཀྱིན་ཡོད།"

61

འོད་ཞགས་འདི་དག ་སྐད་ཅིག་ཏུ་མི་མཐོང་བར་འགྱུར།
སྟུན་ནག་ལ་འཚང་ཁ་རྒྱག་པའི་ཉིན་དེར། རྒྱང་རིང་ནས་འོངས་པ་ནི།
མིའི་རིགས་ཁོ་ན་མིན།

62

སྟུན་ནག་ཁྲོད་གཞས་གཏོང་རྒྱུ་ནི།
ཨུ་ཕྱུག་གི་ཐབས་བཀོད་ཅིག ལྷ་ཆོགས་ཀྱི་སྐུབས་ལ་རེ།

63

མཐོང་ལམ་དུ་མེད་པའི་བོད།
རྒྱུ་བུ་ཞིག་གིས། གཞན་གྱིས་མི་ཚོར་བར།
ཡལ་ལ་ཉེ་བའི་ཕ་ས་དེ་བདའ།

64

འདི་དགའི་ཆེས་གྱུང་སྨན་དགའ་ཡིན།
ཁ་བཏུ་མིན།
ཡིག་ཆེད་མིན།
ཡིན་ཏེ། སྨན་དགའ་གི་ཆེས་ལེགས་པའི་རང་བཞིན་ནི།
མི་ཆུམས།
མཆར་བར་བྱེད་ཅིང་། འཆི་དུ་འདུག

65

མཆོད་མདུན་གྱི་མེ་ཏོག
ད་དུང་བཞད་མི་འདུག
ཉིན་རེར་རྗེ་འབྱུག་ཏུ་འགྲོ་བའི་མཆོད་ཁང་ནང་།
ངའི་དད་མོས་ལ།
སྙིང་པོ་ཅི་ཡང་མེད།

66

ལྷ་ཚོགས་ཀྱིས་བྱོན་ཀྱི་མཐའ་ནས་བསྐོར།
མི་ཞིག་དང་མཚུངས་པར། བོད་མི་ཞིག་དང་མཚུངས་པར།
བྲོ་རྒྱའི་པ་བོང་གཅིག་གི་དོད་འཁྱག་པ་སྐད་ཀྱི་དུ་དག་ལ་དངས་ཏེ།
རྩོལ་མེད་ཀྱི་གུས་སེམས་མངོན་བཞིན། ——

སྐབས་དེ་དུས། མགོ་བོ་ཡར་བཏེགས།
བདག་གིས་ཅི་ཞིག་མཐོང་བྱུང་ངམ།
སིལ་བུར་བཏང་བའི་སྐར་ཕྲེན་ཞིག

67

ཉིན་རེར།
རྫོ་མོ་ལགས་ཀྱི་ཆེས་བདེ་སྐྱིད་ཕུན་པའི་དོན་ནི།
ཆི་ཕྱུག་ཡིན་ཏེ།
མདལ་བསྐོར་བྱེད་རྒྱུའོ།

68

གལ་ཏེ་འོས་ན།
ང་ལ་གདོང་འབག་ཅིག་བཟོས་དང་།

མིག་ཆུས་ཟགས་པའི་ངའི་རོ་གདོང་།
མིའི་རིགས་ལ་མཐོང་དུ་འཇུག་མི་འདོད།

69

མདང་ཆང་གི་ཁྲོད་མཛལ་སྒོར་བྱེད་ཀྱིན་ནམ།
དེ་མིན། དའི་མིག་མདུན་གྱི་བོད་ཡུལ།
འདར་འགུལ་བྱེད་པ་ཅི།

70

སྔག་ཧུལ་གྱི་སྙིང་སྟོབས་ལ།
མི་རྣམས་ཀྱིས་དེ་བས་བཀུར།

71

གྲོགས་པོས་ལག་པ་མི་གཏོང་བར།
མཚོན་དོན་ཡོད་པ་བཞིན།
"ངལ་ཞིགས་པོ་གསོམ།
དཔྱིད་དཔལ་ལྷ་བུའི་སྐྱེ་ལམ་ཞིག་ཡོད།" ཟེར།

....

72

གསོང་བོར་བརྗོད་ན།
ལན་རེས།
ཁོ་ཚོ་ལའང་སྙིང་རྗེ།

....

73

ངའི་བཅུ་བར་འཇུམ་མདངས་ལས་དགའ་མེད།
ངའི་བཅུ་བར་གད་སྒྲིགས་བཞིན་བརྗོད་ཡུགས་མེད།
ངའི་བཅུ་བར་ཐལ་རྒྱལ་བཞིན་མཐའ་མེད།

· 107 ·

ངའི་བརྩེ་བ་གོག་བུར་བྱེད་ཀྱིན། ཤུགས་རིང་འབྱིན་ཀྱིན། ཕམ་མ་བྱོང་། ཁ་ན། ཅི་ཡང་ལྡག་མེད།

74

བློག་འོད་ལ་མདངས་མེད་པ་མ་ཡིན།
ངའི་ཞེ་སྡང་བོ་རེངས་སུ་སྨྲེས་པ་མ་ཡིན།
ཆག་འཇིག་ཅིག་གིས་དགོད་སྒྲ་བཅལ་སོང་བ་མ་ཡིན།
ཁྱོད་དང་ཕུ་གཞིས་ལ་འདི་འདྲའི་ལས་དབང་ལྡན་པ།

སྒུ་སྐད་མཚམས་ཆད་པས་མ་ཡིན་ནམ།

75

ཁྱོད་ཀྱིས་ཞིབ་ལྟ་བྱོས་དང་།
ངའི་སེམས་པར་དྲི་མ་ཅི་ཡང་མེད།

76

གལ་ཏེ་སྐབས་འདིར།
ངས་བྱེད་དན་ཆེ།

རྒྱལ་ཁོངས་དང་མིང་། ལུས་ཁུགས།
བོ་འགའི་སློན་གྱིར་བའི་སྐྱན་ངག་ཅིག་ལས།
ད་དུང་ཅི་ཞིག་དགོ།

77

སྔན་སྐྱེས་ནས་ཡིད་སྨུག་པའི་མི་ཞིག་ལ།
བློ་མ་འདི།
རྒྱ་མཚན་ནི།
ཁོའི་ལན་གྱིས་བྱེད་ཀྱི་རོ་གདོང་དུས་ནམ་ཡང་དམར་པོར་བསྒྱུར་རེས།

78

ཨ་མ་ཡང་བསྐྱར་བུ་སིམ་མེར་པར་འཁོར་ནས།
ཧྲལ་ཆུ་འཁྱིད།

79

ཉིན་གུང་དུས་སུའང་ལྷོས་བོ་ཚོགས་ཤིག་འཚར་འགོད་བྱེད་ཀྱིན་འདུག
འདི་ཡོད་ཚད་བུ་མོ་ཞིག་གི་ཆེད་དུ་ཨིན།
ཁོ་ཐར་དགའ་བའི་འགལ་ཟླ་ཞིག་དང་། འབྲེལ་སྡང་ཞིག་ཏུ་ཆུང་།
ལྷོས་ནས་ཡང་བུ་མོ་ཞིག་ཀྱི་ལམ་དུ་སྐྱེས་པ་དང་།
མོའི་ཆེད་དུ་མིག་ཆུ་འཁྱིད། ཐ་ན་སྙིང་ལ་སོ་བཏབ་ནས་ཚེ་སྲོག་བསྩལ་པ་སྐྱེས།

80

ངས་ཁྱོད་དྲན་པའི་རོས་ནས་བྲི་ཐུབ་ཆེ།
ང་ལ་ཞེན་པའི་མི་ཡོད་པ་མཚོན་ཐུབ།

བྱོད་ཀྱི་ལུས་པོ་གཅེར་བུར་གནས་ཀྱང་། མིག་བཙུམ་ནས་སྒོ་འགག་ཀྱང་། ཉིན་ཞུབ་མགོ་ཇེང་སྒྲོག་ཀྱང་།
བརྩེ་དུང་ལ་ཡིད་ཆེས་པ་རྗེ་བཞིན།

ཁྱེད་ལ་ཡིད་ཆེས་ལོད།

81

འཇིག་རྟེན་དང་རྒྱང་དུ་གྱེས་པའི།
(ཁེར་རྐྱང་། སྟོང་སྔང་། དབན་པ། ཕ་ཡུལ། རིགས་གཅིག
ཕྱི་རོལ། ཞེ་དུ། སེམས་གསོའི་སྐྱེད་ཚལ་གྱང་མེད་ཅིག་གིས་ ང་ལ་ནམ་ཡང་ན་ཟུག་བྱེད།)
མཚན་མོའི་རྒྱུ་ཆོད་གཉིས་པའི་སྐྱེད།
ངས་སྙེའུ་ཁྱོད་ཕྱིའི་འོད་ཞགས་གཡར་ནས།

སྨྲན་དག་བྱིས།

82

རེད་དེ། ཁྱོད་ད་ལ་རྒྱུས་མངའ་འདུག
ངའི་སྨྱུ་ཚལ་ལ་རྒྱུས་མངའ་མི་འདུག

83

ངས་མོའི་མ་འོངས་ཡིད་ལ་སྒོམ་གྱིན་ཡོད།
དེ་བས། ཞི་འདགས་ཀྱི་གཏིང་རིམ་ན།
ངའི་ཆོས་ལུགས་ཁྱུ་སུམ་མེར་འདུག

84

རིགས་རྒྱུད་གཞིད་ལས་སད་པ་མེད་པས།
ང་ལ་འཚུབ་ཆ་ཆེན་པོ་བསླངས། ངའི་དྲན་ཚོར་དེ། སྟོན་ཅད་ལྟར
ད་ལྟའང་དེ་བཞིན་རེད།
རྒྱ་མཚན་ནི། ནག་ཤེས་མགོར་འོངས་པའི་སྟོན་དུ།
མི་རེ་རེར་འཆི་བའི་འདུན་པ་རེ་ཡོད་པར། ང་ལ་ཡིད་ཆེས་ཡོད།

85

གལ་ཏེ་ཁྱོད་འཕད་ན།

ངས་ཞི་འདགས་ཀྱིས་ཡོད་ཚད་བློས་གཏོང་།
ཐ་ན་ཚེ་སྲོག་ཀྱང་།

86

ངའི་ལུས་སྙིང་དུ་རྣམ་ཤེས་མ་འཚོལ།
ངའི་རྣམ་ཤེས་ལུས་སྙིང་དུ་མེད།

87

ཁྱེད་རང་ལུར་ཟེར་དུ་ཕྱོགས་པའི་སྐབས་དེར།
འཇིག་རྟེན་འདི་ནུ།
སྐྱོ་སྡུག་གཞན་ཞིག་གིས་འཕག་འཚག་བྱས་པ།
བརྗོད་ཐབས་བྲལ།

88

བཅོས་མའི་སྒྲུ་དག་འདར་གྱིན།
ཁྱོད་འདི་ནས་ལམ་ལ་ཆས།
གལ་ཏེ། འབོར་བ་ལས་སངས་རྒྱས་དང་མཉམ་དུ་འཚོ་ཐུབ་ན།

ཚེ་སྔོག་གི་རྒྱུན་ཐག
སྣར་ཚོགས་ཀྱིས་ཁྲིད་མི་དགོས།

....

89

སྐྱེ་དུས་སྨྲ།
འཆི་དུས་ཀྱང་དོ་གདོང་མིག་ཆུས་ཞིངས།

90

སྐབས་འདིར།
ཅུང་བསམ་ཤེས་སུ་གྱུར་ཅིག བློས་གཏོང་དང་གཅིག་སྒྲུབས་ཀྱང་ཨེན་ཙམ་ཤེས་ཀྱང་།
མི་ཆེ་ལ་སྟྱི་སྟོམ་བྱུས་ན། འཐབ་འཆག་གྱངས་མེད་དེ།
མི་ཡུལ་དུ་བསྐྱར་པའི་འགྱོད་གདུང་དག
ས་རྡུལ་དང་བཞིས་ནས། ཞི་ཐོགས་མེད་པར་འགྲོ།

91

ང་ཚོ་ལ་གཅིག་མཚུངས་ཀྱི་དབྱར་ཀ་ཡོད།
འོན་ཀྱང་། ཁྱོད་ཀྱི་དབྱར་ཀ་ལ།
ངལ་རྩོལ་བྱེད་མི་དགོས།
ངའི་དབྱར་ཀ་ལ་ལོམ་ལོང་བྲལ།
ངས་རང་ཡུས་སོ་སོར་བགོས་ཏེ།
གཅིག་གིས་ཁྱོད་ཀྱི་གསམ་ནས་དལ་གསོ་བྱ་འདོད།
སང་ལོ་ཡི་མེ་ཏོག་བཞད་བར།

92

འཁྱག་ཤིབ་ཤིབ་ཀྱི་འཚོ་བའི་ཁྲོད།
ཡོད་ཚད་དུས་ལྟར་ཐོན།
མི་ཞི་ཁྲིམ་སྟོང་།
སྨུག་བསྨལ་ནི་མཐར་མེད་པའི་དུན་འཆར་ཁྲོད་རྒྱུ།
རོ་བོ་རྣལ་མ་དེ་འང་འགྱེབས་འདོད།

93

དགའ་སྐྱོའི་དབྱེ་མཚམས་མི་གསལ།
ཁྲིམ་མཆེས་ཀྱི་རྩ་ལ་གཟན་པའི་དུ་སྐྱེད་མ་གཏོགས།
ཐོག་ཁང་ཡོངས་སྟེང་འདྲགས་སེར་གནས།
མོ་ལོ་ན་མཐོ།
གཉེན་འཕོར་བྱེད་སྟོང་།
སྨག་དུམ་བཀལ་ནས།
ཆོས་སུ་ཞིག་ལ་རང་གི་སྐྱོ་སྨུག་བདེན་དཔང་བྱེད།

94

"སུ་ཞིག་གིས་ཡང་བསྐྱར་འགྲོ་ཞོར་དུ་ལྷ་སྐུ་ཞིག་ཁྱེར་སོང་།"

95

གྲོགས་འདང་དང་རྟེན་གཟོའི་བར་སྒྲེགས་སུ།
འཕྲེང་སྐོར་ག་ཚིག
གང་བར་འཐོར་བྲོས་བྱོས།

96

ཁོ་ཚོ་ལ་དབང་བ་འདི་དག
སློན་ཆད་ང་ཚོ་ལ་དབང་།

97

དཔྱིད་ཀ་སླེབས་བྱུང་།
ལུག་ཕྱུ་ཞིག་གི་ཕྱོད།
ཁྱེད་རང་སྦྱང་གི་ཞིག་དང་ཀུན་ནས་མཆུངས།

98

གལ་ཏེ་འདི་ཡོད་ཚད།
ཕ་ཡུལ་དང་འབྲེལ་ཚེ།
ངས་གནས་གང་ཞིག་ནས་ཀྱང་འདི་ལྟར་ཁས་ལེན་ཐུབ།
ང་ལ། རྩམ་ཞིབ་དགོགས་པའི་སྦྱེ་མིག་ཅིག་ཡོད།

99

སྟན་ཐུབ་དུས།
མལ་ཕུལ་ལ་འབྱུར་ནས།

ཏྲ་ལ་ཞུགས།

གྲོགས་པོས་འཕུ་བ་ན།
ད་གཟོད།
སློག་ལྡད་དང་འབྱར་ནས།
ལོ་བཅུ་འགོར་བ་ཤེས།

100

ཉིན་མོ་དང་མཚན་མོ་གང་ཡིན་ཡང་།
ཞིར་རྒྱང་གི་སྒྲུང་བས་ཞིངས།

101

ནང་སེམས་ཀྱི་གསང་བ།
ལྷ་ཆོགས་ཀྱི་བྱེད་པ་ལ་འབྲེལ་ལམ།

102

"འདི་ནི་མཇའ་མོའི་མཇེས་པ། སུམས་ཀྱང་རེག་ཐབས་བྲལ།"

103

"མོ་དང་གསང་བའི་ལས་འབྲེལ་ཞིག་ཡོད་ལོ་ཐག"

104

སུ་ཞིག་ཁྱོད་ལ་འདི་ལྟར་ཞིག

དུ་བ་བརྟོལ་ནས།
ཁྱོད་ཀྱི་མིང་ནས་འབོད་ལ་ཨད།

105

ཆར་བ་འབབ་པའི་མཚན་མོ། སྡྲིང་ཞིང་སྒོ།
ཆགས་འདོར་གྱི་དུན་འཆར། ས་འོག་ཏུ་སྤྱ་དགོས་དོན་མེད།
ནོར་འཆུག་གི་མི་རབས་འདི་ཟིན་ཐོར་འགྲོ།

"བང་ཁ་མ་སློད་པར། དེབ་ཐེར་ཅིག་ལས་མཛོན་པའི་པ་ཡུལ་ལ་ཕྱོགས། ཕྱིར་འོངས་མེད་པར།"

106

ཞིར་རྒྱང་གིས་ཏེད་ལྟ་བྱེད་པ་མ་ཡིན་ཏེ།
མཇལ་སྐོར་གྱི་ལམ་དུ་མཐོང་བ་ནི་འདི་ཚམ་མིན་པ། ངས་ཤེས་ཡོད།
དབེན་སྟོང་དང་འཛིགས་སྣང་། ཡིན་ཡང་།
ཁྱོད་ཀྱིས་སྐྱིག་སྒོལ་རྩ་ནས་འབོར་བའི་གནས་ཚུལ་གཏན་ནས་བརྗོད་མི་རུང་།

107

བོད་ཀྱི་ཞིན་མོར།
གདོན་འདྲེས་མཚན་བསྲུང་བྱས།
མཚན་སྔག་ཁྲིད་བྱོས་པའི་བྲན་གཡོག་གིས།
གཏང་རག་དང་ལེན་མ་བྱས།
བླ་མས་མཐོ་ས་ནས།
བོར་ཞིན་པའི་དོན་དངོས་སློག་སྐབས།

ང་ཡང་བསྐྱར་ཕྱག་འཚལ་ནས། གསོལ་བ་བཏབ།
འཁྱག་ཤིབ་ཤིབ་ཀྱི་མིག་ཆུ་དེ།
འཐོར་རག་བར།

108

ངས་ས་སྐྱང་ལ་གནོད་ཐེབས་མེད་པ་ཤེས་ཡོད།
མཚན་ནུབ་ཁྲོད། ཁྱོད་སད་དུས།
ཞིམ་པོ་སྒྱུང་པོ་དག
དོན་ཟབ་པའི་རྟོག་བཟོ་ཞིག་ཏུ་གྱུར་འདུག་གམ།

རེད་ཡ། ངས་ཚོང་ཁ་དང་འབྲེལ་བའི།
འོད་ཅིག་མཐོང་བྱུང་།

109

"སྐུམ་སྦྱོན་གསུམ་འབར་གྱིན་འདུག
དེ་ནི་ཕྱིར་དྲན་མིན།
སྐུན་སྦྱོན་ཁྱོད་མཛེས་པའི་མེ་ཏོག་བཞད་པའང་མིན།
རྒྱང་རིང་གི་རྫ་ཐང་གི་ཕུ་ཞིག་ན། ཕྱུག་རྫི་བུ་ཆུང་ཞིག་གིས།
ཏ་ལྕག་ཅིག་གིས་གཡུ་གིན་པའི་དུས་ཀྱང་དང་།
གས་ཆག་གི་ལོ་ཟླ་ཡིན།"

110

འདི་ལྟ་བུའི་ནངས་མོ་ཞིག་ལ།
འདི་ནི་ནམ་ཡང་བརྗེད་མི་རུང་པའི་ཡིག་འབྲུ་ཞིག
དང་ལུས་གསེང་གི་ནུ་ཕྱུག་མང་པོ།
འགྲོ་གིན། འཚོ་གིན། རུལ་གྱིན།

ཁྱུ་འགའི་མཚོ་ཆེད་ཀྱི་ནམ་མཁའ་སྟོ་བྱུར་དུ་མེ་ཏུ་འབར་ནས།
ཐལ་རྡུལ་ཐང་དུ་ལྷུང་།
རྡོག་གཅིག རྡོག་གཉིས། རྡོག་གསུམ། རྡོག་བཞི།
རྣམ་ཤེས་འདི་དག་ཡུལ་མེད་དུ་བཏང་ནས།
དཔྱལ་བ་རུ་གཏན་ནས་སྐྱེལ་མི་དུང་།

111

ལོ་བརྒྱའི་རྗེས་སུ།
གདོན་འདྲེའི་ཤུགས་རིང་།
རིམ་གྱིས་འདགས་ནས་ཅི་ཡང་མེད་འགྲོ།
སེམས་ཁོང་གི་རྦུག་གཟེར།
སྐྱེ་རྗེས་མའི་རང་དབང་།
ག་དུས་ཤིག་ལ།
ངའི་དགའ་བ་དང་འབྲེལ་བའི་ཡོད་ཚད།
བྱང་ཆ་ལྷུན་པའི་དང་ཐག་གིས་གཅོད་ཐུབ་བམ།

112

ལུས་གསེང་གི་རྡོ་དེ་ལ།
སྐྱོ་བྱུར་དུ་མེ་ཏོག་འབུས།
ལྷ་མོ་ཀུང་རྫིན་མང་པོ།
གནམ་ནས་བབས།

113

དེ་ཀའི་མཚན་མོས།
ང་ལ་ལོ་གཅིག་གི་དུས་ཚོད་སྤྲད་ནས།
ས་རྒྱལ་གཙང་ཕྱོགས་ཀྱི་གོ་སྐབས་སྦྱིན།
ཤུལ་ན་བཙའ་མི་ཆགས་པའི་བརྩེ་བ་འདུག
ངའི་ཆེ་ཕྱུང་སོང་མ་ཟེར།
ངས་འཇིག་རྟེན་མི་རྟོགས་མ་ཟེར།
ངའི་སྐྱོ་སྡུག་དང་དགའ་སྤྲོ་དེ་དུ་ས་རྒྱུ་མ་ཟེར།

114

ཁྱེད་ཀྱི་སྐད་པ།
རྟོག་བཟོའི་གྱུབ་པའི་རི་མོ་ཞིག་དང་འདྲ།
ཁྱི་ཤུན་བཀོག་ན།
ནང་སྙིང་དེ་ལས་གསལ།

115

ཡང་ནས་ཡང་དུ།
ངའི་སེམས་པར་སློག་ཉན་བྱེད་འདོད།

116

ཉིན་ཞིག
ཁྱོད་ཀྱི་ནད་ཞི་ན།
ང་ཁྱོད་ལ་ཞེངས་གཅིག་འབྱུད་དུ་འཇུག་རོགས།

ཆུང་ཚམ་གཉིམ་ཡང་།
ཆུང་ཚམ་འཚབ་ཀྱང་།

117

གནམ་གྱུ་བར་སྐྲང་ནས་སྐྲུང་།
མེ་འབོར་ལྕགས་ལམ་ནས་ཕོར།
མཚོ་གྱུ་གཏིང་དུ་ནུབ།
ངས་ཉན་གྱིན། དེ་དག་ཡོད་ཚད།
ཁ་ཆེམས་ཡི་གེ་སློག་པ་འདྲ།

118

མཁྲིས་རྡོས་གང་སར་འཐག་འཚག་བྱེད་པའི།
བྲག་གཟེར་ཁྲོད།
ངས་རང་ཉིད་མཁྲིས་མེད་དཔའ་པོ་ཞིག་བྱེད་རྒྱུའི་དམ་བཅའ་བཞག

"གཡུག་ཤོག གཏུབ་ཤིག"

119

"རྒྱུ་རྐྱེན་གང་དུང་ཕྱིར་འོངས་ནས།
འཁོར་བའི་འགྲོ་སྟོལ་མ་གཏོར།"

120

མེ་སྟེ་དྲག་ཏུ་འབར། རུས་སྐང་གཟིར་བའི་ཆོད་ཀྱི་ན་ཟུག་དྲང་རྒྱུན་མ་ཆད།

ལག་པ་ཐལ་མོ་སྦྱར། བླ་མར་གསོལ་འདེབས་བྱས།
འདི་ནི་སྡུག་འདྲེས། རིགས་གཅིག་ཁོ་ན་ཨན་པའོ།

121

དེ་ནས་བཟུང་། ང་མཐའ་འདྲས་ལ་སྨུག་རྒྱུར་སྟོ་སོང་།
དེ་ནི་ཕྱིར་དྲན་མ་ཡིན། མི་སྙེར་གྱི་སྟྲི་སྟོམ་མ་ཡིན།
ནང་སེམས་ཀྱི་ཆེས་གཏོད་པའི་རྒྱུན་ཆིག་ལ་བརྟེན་ནས།

ང་གཞན་བོའི་གཉེད་ོད་འབར་བའི་བོད་པ་ལ་བཅས། ལས་དབང་ནི་དེ་འདྲོ། །

དེ་ནི་འཆི་བ་དང༌། བཙོན་འགྱོག ཨུ་ོད་དང་བསྒྱུར་ནའང༌། གཉེ་བཇེད་ཆེ།

122

འདི་འདྲའི་ཞིང་ཆིགས་ང་ལ་དབང༌།
མཚན་ཉུབ་ོད་ཀྱི་ཉི་ལེན་ཞིང་ེ།
ངས་ར་མ་འཛིན་ཅམ་བྱས།
ཆུང་མ་དང་བུ་མོར་འགོགས་ནས།
ང་ཆོའི་བདེ་ིད་ར་མ་དེའི་ེད་ན།
འཆོར་ཀྱིན་འཆོར་ཀྱིན།
ང་ཆོའི་ཁད་རིང་ེང་ལཔང་ོག་མ་ོང་།

བས་འདིར། ང་ད་དུང་སད་མེད།
བཙེ་བ་ེ་མ་མེད་པ། ་མི་ཤེས།

123

སྒྲ་སྐད་མཚམས་ཆད།
ས་ཆེན་བྱེ་མའི་འཁྱེང་བུ་དང་འདྲ།

124

རྒྱ་ནག་མ་ཧའི་རྡོ་བཀོས་རེ་དང་མཆུངས།
ལམ་འགྲོ་དག་དུས་རྒྱན་གཞིགས་ཤིག་ཏུ་འགྱོ་ཞོར།
"བུས་རྗེས་ལྡག་མ་དེ།
ནའམ་མི་ན" ཟེར།

125

ཞེ་འོད་རྒྱང་དུ་བཞུད། སྨག་དུམ་ཕྱོགས་ནས་ཐུབ།
ངས་བླ་མའི་དུལ་ཟིན་པའི་རོ་གདོང་།
ཁ་ཡུལ་ལས་བརྒལ་མེད་པ་དྲན།

126

རྫོང་ཆེན་གཤུག་སོང་། སྨག་ཏུམ་ང་དང་མཉམ་དུ་གྱོང་ཁྱེར་འདིར་ཕེབ།
ངས་མཛའ་མོའི་གླུ་སྐད་ཐོས་སོང་།

"ཤེས་རབ་ཀྱི་མིག་ལ་འོད་མདངས་ཞམས།"

127

སྐྱ་རེངས་སྔ་མོ་ནས་པས་གགས་པས་སེམས་པ་སྐྱོ་སྐྱོ་གྱུར།
ཁོ་ལ་གྲག་འགུལ་ཅི་ཡང་མེད་པར་མདུན་དུ་ཅེར་ནས།

འཆི་བ་མཐོང་བྱུང་ཞེར།
ངས་ཕྱིན་ཏུ་ལེགས་སོ་ཞེས་བརྗོད།

128

གནམ་ས་གཅིག་ཏུ་འདྲེས། སྐྱིན་རིམ་གོང་གི་བཞུགས་ཁྲིས།
དུང་དཀར་གྱི་སྨྲ་ཆེན་ལ་བསྐུག

129

ངའི་སེམས་སུ་དྲན་པའི།
དུད་ཁྱིམ་ཁྲི་སྟོང་མང་པོའི་མི་འོད་དང་བར་ཐག་ཆེན་པོ་འདུག
ངའི་སེམས་སུ་དྲན་པའི།
ཟང་ཟིང་འ་འུར་དང་ཏེ་བག་མོད་པོ་འདུག

130

དབྱར་གར།
ཆུ་ངོགས་སུ་ཕྱུར་དུ་བབས་པའི་ཡུག་ཕྲུས།
ལམ་འགྲམ་ནས་ལུ་གུ་བཙས།

དཔྱར་གར།
རྟེའུ་སོ་བཞིས་རྩྭ་ཐང་བརྐལ་ནས།
བཞད་མ་ཐག་པའི་སྐྱལ་བཟང་མེ་ཏོག་ཀྱང་ལོག་ཏུ་བརྫིས།

དཔྱར་གར།
ནོར་གནག་དུད་པའི་སྒྲེལ་འཁོར་དེ།
བཤས་རར་འགྲོ་བའི་ལམ་དུ་མགོ་ཏིང་བསློག

131

ངས་གངས་ལྗོངས་ས་ཆེན་དུ། སྒྲོན་མེ་གཅིག་ཡང་ཡང་དུ་བསྟོན་ནས།
ཁྱེད་རང་མཚན་མོའི་རྒྱབ་རོལ་ཏུ་འབྱེང་ཡང་།

འཇིགས་སྣང་ལ་སྐྲག་མི་དགོས།

132

ནངས་མོར། དགོན་པ་འདིའི་དབང་གིས།

རིམ་བྱུང་གི་གཏམ་རྒྱུད་དག
དུདུང་བའི་སེམས་ཀྱི་གཏིང་རིམ་གྱི་དུད་མོས།
ཕྱོགས་བཞི་དུ་བྱང་ཆུབ་སྟོན་པ་སྨྲས་པའི་ར་སྐོར་ཞིག་ལ་བསྟིངས་ཤིང་།
བརྩེ་དུང་ཕྲོད་ཀྱི་བུ་མོ་ཞིག་ལ། ཉམས་ཞིབ་བྱས།

ཁུ་སིམ་མེར་ནམ་མཁའ་ལ་གྱེན་ལྟ་བྱས་ཏེ།
རང་ཉིད་ཀྱི་མིང་ནས་བོས།

133

མཚན་སྨུག་གིས་འདི་ནས་འགོ་བཙམས།

ངས་མོ་པའི་གསང་བ་ལམ་འགྲམ་གྱི་མཐོ་སར་བྲིར་ཏེ།
དགྱིལ་གྱུང་དུ་བསྡད།

རླུང་དུ་དུང་གཡུག་སྲིད། ཤང་སྟགས་ཀྱི་དབང་གིས།
ངས་དུང་ཁྱོད་དང་འཕྲེལ་བའི་ཡི་གེ་མང་པོ་ཞིག་འབྲི་བ་དང་།

སྐབས་འདིར། བའི་བའི་སྙིང་ལྟ་བ་སྐོར་མོ་དང་འདུ་བར།
རྗེ་གསལ་རྗེ་གསལ་དུ་གྱུར།

134

འདོད་པས་གྱིས་པའི་རྩ་ཁ་སུ་ཞིག་གིས་འཚེམ།
དཔེར་ན། ཉིན་སྲིད། པོ་མོ།

མེ་ཏོག་རྗེ་ལྟར་འཛུམ་པར་བྱེད།

བསམ་གཞིགས་ལོ་ནས་རྟོགས།

135

"དགུན་ཁ་འདིར་ཚེ་བྱུང་སོང་། བྱེད་རང་ལྷག་ཏུ་དག
སློན་ཁ་ལས་ཀྱང་ལྷག"

136

"སྐྱ་རེངས་སྟོན་བཅས་པའི་བྱིས་པ་དེ། གངས་རིའི་རྩེ་ནས་དུས།"

137

ཀྲི་ལམ་གྱི་རྗེས་སུ། པ་ཡུལ་གྱི་ཉེ་འཁོར་དུ་སྤྲུལ་པའི་ལྷ་ཚོགས་ཀྱིས།
ཡང་བསྐྱར་མཚན་ཉུབ་བྱོད་ཀྱིས་པ་བཙན་མཁན་གྱི་བག་གསར་ཏེ།
ད་དང་ཐག་ཉིན་ཏུ་ཉེ་བ་བརྗོད་ལ་ཁད།

སྙིང་སྡུག སྙིང་སྡུག དེ་ངའི་ཡིན་ནམ།

138

གནམ་དོ་སྟར་ནས་ངུབ་སྟེ། སྡུག་བསྔལ་དེ་ཆེར་བཏང་ན་དགའ།

139

མིག་ཆུ་སྒྲོགས་བུས་བཏེགས་ཏེ་ཁྱོད་ལ་སྒུག་གམ།
སྙིང་ཆུང་ཁྱི་ཏུ་ཕྱུད་ནས་ཁྱོད་ལ་སྒུག་གམ།
ལུས་པོ་དཔང་ལ་བཞག་ནས་ཁྱོད་ལ་སྒུག་གམ།

ངས་བསམས་ན། བྱེད་སྡངས་འདི་དག་ནི་ཕལ་མི་ལས་བརྒལ་འདུག་
ཅེ་དོན་ལས་བརྒལ་འདུག

ངས་སླླ་བ་བསླབས་ནས། ཁྱོད་ལ་བགྱུར་བསྟི་བྱེད།

140

ང་ཚོར་འགྱུར་བ་ཅི་ཡང་བྱུང་མེད།
མ་འོངས་པའི་བྱེ་བྲག་བརྗོད་མི་སྤོབས་པ་ཙམ་ལས།

141

མབོས་བར་བཅོལ་པའི་སློ་ཚོགས། ན་ཟུག་གིས་བགད།
ཡིན་ཡང་འདི་ནི་འོད་མདངས་ཉམས་པའི་དགུན་ལ་ཚམ་ཡིན་ནམ།

142

ཁྱོད་ཀྱི་མགྱོགས་ཚུར་གྱི་དུས་ཚོད་ལ་དགའ་གིན།
འདང་རྒྱག་ཆེ་བའི་ནང་སེམས་ལ་དགའ་གིན།
མིག་གོང་ལས་ཕྱུང་བའི་མཆི་མ་ལ་དགའ་གིན། ལས་དབང་གི་དགའ་སྐྱོ་ལ་
དགའ་གིན།
མིག་འབྱེད་ཀྱི་སྟངས་སྟབས་ལ་དགའ་གིན།
སྐད་དགག་ལ་དགའ་གིན། ཁྱོད་ཀྱི་སྐྱོ་སྡུག་ལ་དགའ་གིན།

ཁྱོད་ཡིད་ལ་ཤར་བྱུང་། ཁྱོད་ཡིད་ལ་སྨྲ་བོར་ཤར་བྱུང་།

143

མ་འོངས་པ་ནི་རྟ་ཕོ་ཞིག
ང་དང་མོ་རང་རྟ་ཕོ་འདི་ལ་ཞོན་ཏེ།

བང་ལ་བསྒྱུར།
ཡིན་ཡང་བྱུག་གཟེར་གྱི་ཚོར་བ་ཆུང་འདུག

144

ནངས་མོ་སད་རྗེས་གཏང་ཆུ་སངས་རྒྱས་ལ་མཆོད་ཀྱིན།
མགོ་བོ་དགྱེ་ནས། མི་ཚེ་ལྡུག་མ་ལ་སྐུབས་འདུག་ཞུས།

145

དའི་སྐྱོ་སྡུག་ལ་སེམས་གསོ་བྱེད་ཐབས་བྲལ།
གནམ་སྟོ་བ་དེ་ཨེ་དྲག ས་དབེན་པ་དེ་ཨེ་དྲག
ཡིན་ཡང་ལྟ་འདོད་མེད།

རྒྱང་རིང་ནས་རྒྱང་རིང་ལ་གྱེས་ཀྱིན། ང་ལ་སྟོ་དུས་མི་འདུག

146

བརྗེད་དགའ་བའི་སེམས་པ་དེ། ན་ཟུག་གིས་བཞག་པ་མིན་ཡང་སྲིད།
གཏིང་རིམ་ནས་འགོག་མི་ཐུབ་པ་དེ། ན་ཟུག་གིས་བསྐྱེད་པ་མིན་ཡང་སྲིད།

དྲན་པའི་རྗེས་སུ། གུས་འདུད་ཅིག་ཞུས།

འཆི་བའི་སྐྱག་པ།
ན་ཟུག་གིས་བསྐྱངས་པ་མིན་ཡང་སྲིད།

147

ས་སྲོད་དེ་ཟབ་ཅིང་སྟེ།

བདེ་བར་གཤིད་པའི་སྟོན་དུ་སྨྱུན་ནག་གི་མཐའ་མི་རྙེབས།
འདི་ནི་མཚོ་སྨྲང་དང་ནན་ལོག་གི་ཁྱད་པར་ཡིན།
ང་ཅུང་ཙམ་མི་གོམས་པས།
ཐལ་ཆེ་བར་སྐྱད་ཆ་ཅི་ཡང་མེད་པར་བསྡད།

148

མོས་གཤིས་པ་དག ང་ཚོས་གཤིས་མི་དགོས་ཀྱང་སྲིད།

149

"མཛེས་པ་ཡོད་ཚད་འགོག་མི་ཐུབ།
ཐོབ་པར་བྱེལ་བ་དག་མིག་མདུན་དུ་ཡོད།"

འགྱུལ་བཞུད་ཅིག་མ་རྟོགས་སྟོན་དུ།
ངས་དེས་པར་དུ་བྲིན་གཟོ་གཤིས་དགོས། དེ་ཞིད་ཡལ་བར་དུ།
ཕྱིར་ལྟ་བྱེད་དགོས།

150

ཁོས་འདི་ལྟར་འཆད། སྟོ་སེམས་ཀྱིས་ཅང་པོར་གཅིག་འཕུང་ཐེངས་གཅིག་བྱས།
ཅང་རྫའི་ནང་འདུར་གྱིན་པའི་མི་རྒགས་དགའ་རོགས་སུ་བསྩོམས་ཏེ།
ཡང་བསྐྱར་སེམས་ཀྱི་སྐྱོ་ཡུས་ཁ་ནས་བོར།

151

གཏིང་རིམ་གྱི་རྩ་ཁ།

བོད་ཀྱི་གནའ་ཤུལ་དང་མཚུངས།
དགོན་པའི་གནའ་ཤུལ། མཆམས་ཆད་པའི་ཆོས་དུང་། དབེན་པའི་གནས།
དེ་དག་ཡོད་ཆད་གསང་བའི་དང་བཟེད་རེས།

152

ཡིད་ཐང་ཆད་པའི་སེང་གེ་གཉིས།
ཕན་ཚུན་ལ་གྱེར།

མིག་རྗེབ་ཚམ་ཡང་མི་བྱེད།
ལུས་འགུལ་ཚམ་ཡང་མི་བྱེད། ཞེ་འབོན་དུས་གསེང་ལ་སྔས།

སྒྲ་ཁྱང་ནས་ཁྲག་བཞུར།
ངས་ཁྲག་གི་ཁ་དོག་ནག་པོ་ཡིན་ན་བསམ།

153

ངས་ནད་ཚོས་ཀྱི་བཅེ་བས་ཁྱོད་ལ་གཅེས།
ངས་ནད་ཚོས་ཀྱི་སྙིང་རྗེས་ཁྱོད་ལ་ཁྲིལ།

ཕྱུ་ཚོགས་སྨིན་གཏོང་ལ་དགྱེས། འཛམ་གླིང་གི་ཉེན་ཁས།
ང་ལ་སྟོང་དར་བྱིན། བའི་ལུས་པོ་ཡོངས་སུ་འཁྱག་ཤིག་ཤིག་གི་དད་ཚོས་ཡོད།

154

མོའི་མིག་དང་ལག་མཐིལ་གྱི་རི་མོ་ཆ་ཚང་བོད་ཀྱི་རེད།
མོའི་མིད། བོད་ཀྱི་རེད།
མོའི་སྐྲ་ལམ་དང་སེམས་སྟུག བོད་ཀྱི་རེད།
མོའི་དད་ཚོས། མོའི་རྐང་པ་དང་ལུས་པོ། བོད་ཀྱི་རེད།
མོའི་སྐད་ཆ་དང་མོའི་འདང་རྒྱག བོད་ཀྱི་རེད།
མོའི་སྐད་དག བོད་ཀྱི་རེད།
མོའི་སྐྱེ་བ་དང་མོའི་འཆི་བ། བོད་ཀྱི་རེད།

155

"ཞིག་རོ་བྱེད་དའི་རྣམ་ཐོག་པའི་རིགས་གཅིག་སྨྱུན་ལྷ་བོ་ནའོ།"

མེ་མད་ཚོགས་ནས་ཚོད་དཔག་བྱས།
མཧག་མཐར་ཆེས་མཐའ་མའི་མགོ་བོ་བཀུགས་ནས།
ཡང་བསྐུར་མེ་ལ་བསྐྱོན་པའི་ཆོས་དཔེ་ཞིག བརྗོད་གྱུབས་བྱས།
དེའི་སྟེང་དུ་དའི་བང་རྒྱལ་དོམས་ཀྱིན་པའི་པ་སྐད་ཡོད།

156

"དས་གྲོང་ཁྱེར་འདིའི་སྐྱ་སྨུ་ཚོགས་ཐོས་བྱུང་།"

ཨི་ལྷས་དན་པའི་བྱོད་སད་དུས།
ཡུས་པོ་ཧུལ་ཀྲུས་བསྣན།

ང་སྙིང་འདགས་ཀྱི་ཆོས་དབྱངས་བྱོད།
སངས་རྒྱས་སྒྱུ་དན་ལས་འདས་མ་སྟེ།

རྩ་མཆོག་གྲོང་དང་།
ཐག་རེ་ཞེར་འགྲོ་བ་འད།

157

ཞེས་སྨྲ་ཞབས་ཀྱིས།
ཁོའི་གང་སྟེང་ན་ལྷའི་བོ་ཉ་འཕུར་བར།
ཡིད་ཆེས་ཡོད་ཟེར།

ངས།
ལྷ་ཚོགས་དངའི་གང་སྟེང་ན།
གཞི་སྟོང་བྱས་ཡོད་པར། ཡིད་ཆེས་ཡོད་ཅེས་བཤད།

158

གལ་ཏེ་དེ་རིང་གི་ཁ་བ་ནི།
ཆུ་ཕྱག་པའི་བཅུ་དྲུག་ཞིག་གི་སྐྱོ་དགའི་ཡིན་ཚེ།
ངས། སྨོན་བྱུང་དགོན་པའི་གདུང་སེམས་ཞིག་གིས།
དགུན་ཁ་འདི་བསྟོད་དེས།

159

ཡུན་ཐུང་བའི་ཞིན་བཞིའི་རིང་ལ།
ཁྱོད་ལ་བཀོད་འདོམས་བྱེད་མཁན་མེད་པ་འདྲ།
གནམ་གྱུ་ཨོ་སེ་ཡུ་གནམ་ཐང་ནས་དལ་གྱིས་འཕུར་ཏེ།
རང་གི་ཕ་ཡུལ་ལ་ཕྱོགས་པའི་སྐབས་སུ།
མཚམ་མ་དོན་མོ་ཐེགས་པ་གཉིས།
ཁྱོད་ཀྱི་འགྱམ་སྟེང་གསང་བའི་དང་ལྕང་།

160

ཚེ་སྲོག་གི་ཤུལ་རྗེས་ཤིན་ཏུ་མཛོན་དཀའ།

རྟོགས་སད།
འཇིག་རྟེན་གྱི་མཇེས་དཔྱོད་ཁྱོད་ཡུལ་སོང་།

ལས་བསྐོས་ཡོད་པའི་མི་དག་གིས།
དོན་ཕོག་གི་ གཟེ་བརྗེད་དང་དགའ་སྤྲུག་ལ།
དོ་སྣང་མི་བྱེད།

161

ཕུ་ཡོའི་ཨིག་ཀོང་ལས་མཆི་མ་བཏོལ་ནས།
ཁ་ཐེ་ལོ་ཉིའི་ཡའི་དར་ཆ་མཐོ་ཏུ་སྐྱེད་པའི་སྐབས་སུ།
དའི་རྣམ་རིག་ཆུང་ཚམ་དེ་གསལ་དུ་གྱུར།

རྒྱ་མཚན་ནི།
དས་གཞན་གྱི་དཔུང་གཡིའི་སྟེང་།
རང་ཉིད་ཀྱི་པ་སྐད་མཐོང་བྱུང་།

ཆིག་དེ་མདོར་བྲིལ་ན།
"ཨུས་པ་ཉི་ཉང་ཤེམས་ཀྱི་ཟབ་ས་ན་གནས་ཤིད།
སྟོབས་ཤུགས་ཡོད་པའི་མི་ཉི་བཟོད་བསྲན་ལ་མཁས" ཤེས་པའོ། །

162

ང་རང་འཇིག་རྟེན་འདིར་ཆེས་ཐོག་མར་སྟེ་ལེན་བྱེད་པའི་པོ་གདོད་དེ་ཉི།
པ་མ་མིན་ལ། ཉེ་དུ་མིན་ཏེ།
སྟེད་དུལ་དུ་གྱུར་པའི་འཇུམ་མདངས་ཤིག
ཕྱིར་ལྟ་བྱེད་དུས། བླ་མའི་འཇུམ་དངས།
མི་ཏོག་པདྨ་བཞད་པ་ནང་བཞིན།

དཔེ་སྐྲུན་པ། ཨ་སྡུགས་ཚེ་རིང་བཀྲ་ཤིས།
ཚོམ་སྒྲིག་འགན་འཁུར་པ། དབྱངས་ཅན། ཀུན་དཔལ་ཚེ་རིང༌། ཚེ་རིང་ལྷ་སྒྲོན།

བོད་རིགས་ན་གཞོན་ཕུལ་བྱུང་སློབ་དགེ་པའི་སློབ་ཚོམ་ཕྱོགས་བསྒྲིགས།

བོད་ཀྱི་རབ་རིབ།

དགའ་བདེ་ཚེ་རིང་གིས་བརྩམས།   དབང་མཆོག་འབུམ་གྱིས་བསྒྱུར།

ཤི་ཁྲོན་མི་རིགས་དཔེ་སྐྲུན་ཁང་གིས་བསྐྲུན་ནས་བཀྲམ།
༢༠༡༧ལོའི་ཟླ་༡༢པར་པར་གཞི་དང་པོ་བསྒྲིགས།
༢༠༡༧ལོའི་ཟླ་༡༢པར་པར་ཐེངས་དང་པོ་དཔར།
དེབ་ཆེད། ༡༥༡mm × ༢༢༠mm
དཔར་ཕྱོག ༥
དཔེ་ཐགས། ISBN 978-7-5409-7326-1
དཔེ་རིན་སྒོར། ༢༥.༠༠